LES FÊTES DU GÉNIE,

PRÉCÉDÉES

D'AUTRES POÉSIES LYRIQUES.

LES FÊTES DU GÉNIE,

PRÉCÉDÉES

D'AUTRES POÉSIES LYRIQUES;

Par Théodore DESORGUES.

Gloire, honneur à ce Dieu! célébrons ses mystères;
Chantons pour lui les vers que lui chantoient nos pères.

VIRGILE.

A PARIS,

Chez { BERTRANDET, Imprimeur, rue de la Révolution, Nº. 688.

Les Marchands de Nouveautés.

An VIII.

LES FÊTES DU GÉNIE,

PRÉCÉDÉES

D'AUTRES POÉSIES LYRIQUES,

Par THÉODORE DESORGUES.

> Gloire, honneur à ce Dieu! célébrons ses
>   nombres;
> Chantons pour lui les vers que lui chantoient
>   nos pères.
>
> VIRGILE.

A PARIS,

Chez { Bertrandet, Imprimeur, rue de la
        Révolution, No. 688.
{ Les Marchands de Nouveautés.

AN VIII.

PRÉFACE.

Ces Dithyrambes et la plupart des Poësies qui les précèdent ont déjà paru. L'époque brillante qui les ramène doit les relever aux yeux d'un Peuple que le génie a comblé de ses présens. C'est sa fête principalement qui doit l'intéresser, c'est lui qui fonda par la lumière et la bienfaisance la liberté que le despotisme voulut anéantir par le glaive et par l'ignorance. C'est sur-tout à nos fêtes nationales qu'il doit prêter toute sa magnificence. Aux chants gothiques et inintelligibles de l'église romaine, il est temps d'opposer ces chants lyriques qui dans la Grèce formèrent tant de héros. Peut-être ne sommes-nous pas indignes de ces belles institutions, et en les rapprochant de nos mœurs nous pourrons encore par elles nous élever au-dessus de nous-mêmes. Loin de nous une superstition nouvelle. Le seul culte qui soit digne d'un peuple libre doit être fondé sur la vérité, presque tous ont tendu à la dégradation de l'espèce. Ils ont été la chaîne par laquelle l'ambition a soumis un peuple entier aux caprices d'un seul homme. Leurs ministres ont servi à garotter le genre humain en tout sens, à l'avilir sous mille formes différentes et à perpétuer ses malheurs.

Les fêtes d'une nation généreuse doivent l'agrandir encore par les souvenirs qu'elles lui retracent ; elles doivent repaître son imagination des pompes de la gloire, lui rappeler les époques brillantes de sa grandeur, les actions magnanimes de ses héros, de ses sages, de ses magistrats, et en éternisant leur mémoire, leur enfanter sans cesse de nouveaux successeurs.

CHANT DE PAIX

POUR LE MIDI.

Quand sur le char de la victoire
La paix revient dans nos remparts,
Et lorsqu'aux lauriers de la gloire
Va s'unir la palme des arts,
O Provence ! quel bras perfide
Vient encor déchirer ton sein !
Abjure un coupable dessein ,
Repousse le glaive homicide !

Chœur.

Reprenons reprenons le tambourin joyeux ;
Que le doux flageolet anime encor nos danses:
Mettons un terme à nos vengeances,
Et n'éternisons que les jeux.

N'est-ce point assez de nos pertes ?
Tantôt vaincus tantôt vainqueurs,
Tour-à-tour nos cités désertes
Ont pleuré de nouveaux malheurs ;
Que de victimes innocentes
Frappa la fureur des partis !
Que de pères cherchent leurs fils !
Que je vois de tombes récentes !

A

CHOEUR.

Reprenons reprenons le tambourin joyeux, etc.

N'êtes-vous plus ce peuple libre
Qui fonda l'empire des arts ,
Lorsque le Nord vainqueur du Tibre
Foulait l'empire des Césars ?
Où sont vos banquets et vos fêtes ?
Où sont ces divins troubadours ,
Dont le luth fidèle aux amours,
Des cœurs célébrait les conquêtes ?

CHOEUR.

Reprenons reprenons le tambourin joyeux, etc.

C'est-là que ces chantres célèbres ,
Astres nouveaux de l'univers ,
Chassèrent d'antiques ténèbres,
Par l'éclat renaissant des vers.
Ils enseignaient la tolérance ,
Appuis consolans du malheur ,
Leurs chants enflammaient la valeur ,
Et triomphaient de la licence.

CHOEUR.

Reprenons reprenons le tambourin joyeux, etc.

Formé sur leur divin modéle,
Et jaloux de votre bonheur ,
Souffrez qu'un troubadour fidèle
Sur sa lyre épanche son cœur ;
Et puisse la douce harmonie
Ramener la tranquillité
Dans cette brillante cité,
Fille de l'antique Ausonie.

CHŒUR.

Reprenons reprenons le tambourin joyeux, etc.

Quelle terre de la nature
Obtint de plus riches trésors !
Amphitrite de sa ceinture
Fertilise et pare nos bords ;
Quels fruits parfument ces rivages !
Contemplez l'or de ces vergers !
A l'ombre de ces orangers
Pouvons-nous parler de ravages ?

CHŒUR.

Reprenons reprenons le tambourin joyeux, etc.

Ah ! si ma muse en vain déplore
Des jours de vengeance et de deuil,
Pour vous toucher l'amant de Laure
Sort des débris de son cercueil ;
Son luth fidèle à la patrie
Autrefois calma ses fureurs,
Qu'il puisse encor fléchir vos cœurs !
Entendez sa voix qui vous crie :

CHŒUR.

Reprenons reprenons le tambourin joyeux,
Que le doux flageolet anime encor nos danses ;
Mettons un terme à nos vengeances
Et n'éternisons que les jeux.

A 2

CHANT DE GUERRE
CONTRE L'ANGLETERRE.

Quand nos jeux d'Amphitrite animant le rivage
Des partis irrités ont appaisé l'orage,
Quel appareil guerrier vient frapper nos regards !
Rome a-t-elle juré la perte de Carthage ?
    Et dans ses coupables remparts,
Veut-elle de ses droits venger l'antique outrage ?
    Oui qu'Albion tremble pour ses foyers !
Némésis a sonné l'heure de la vengeance ;
Bellonne à ce signal joint le bruit de sa lance,
Et la peur à son char attele ses coursiers.
    Viens viens ô fille de mémoire
    Prépare des sons plus altiers ;
Compagne des héros dans les champs de la gloire,
Médite à leur côté l'hymne de la victoire,
Et sur leur nobles fronts va tresser tes lauriers.

Westminster lieu voisin de ce champêtre asyle
    Où les arts fixèrent mes pas,
Religieuse enceinte à mes rèves facile,
    Où l'immortalité siégeant près du trépas,
Enflamma pour toujours ma jeunesse indocile,
Vos plus doux souvenirs ne me désarment pas.
    Vos sages vos chantres célèbres,
Ces modèles divins visités tant de fois,
    Du fond de leurs marbres funèbres,
M'opposent vainement le bienfait de leur voix.
La France plus puissante en mon cœur se soulève ;

Nos affronts nos malheurs votre ouvrage odieux,
La haîne qu'en nos cœurs transmirent nos aïeux ,
Tout parle contre vous tout contre vous s'élève ;
Tout appelle la foudre au défaut du remord
Et tout répète au loin guerre vengeance et mort.

Guerre vengeance et mort ! ah ! puis-je le redire ?
Dois-je encore éprouver un reste d'amitié ?
Non non tyrans des mers non non plus de pitié ;
Auteurs de tous nos maux fuyez devant ma lyre.
O vainqueurs de l'Escaut de la Sambre et du Rhin !
Si mon luth précurseur aux champs de l'Ausonie
Seconda les drapeaux du peuple souverain,
Allez dans Albion aux chants de Polymnie,
Ressusciter Neuwied et Jemmapp et Fleurus ;
D'un superbe sénat abaissez le génie ,
Et dans Londre étonné foulant la tyrannie ,
Rendez lui cet Hambden qui lui rendit Brutus.

     Mais sur des ames mercenaires,
     Que peut l'auguste liberté !
     Sur ces orgueilleux insulaires ,
     Que peut la sainte égalité !
Ah qu'ils sont différens de ces Germains antiques,
Leur modèle en sagesse en générosité ,
Et dont ils retraçaient dans leurs mœurs domestiques
     La modeste simplicité !
Héritiers de leurs lois et de leur pauvreté ,
     Jadis dans leur indépendance ,
Des peuples opprimés ils réclamaient les droits,
     Et fiers de leur noble indigence ,
Ils foulaient à leurs pieds le vain faste des rois !
Maintenant de l'Europe oppresseurs politiques ,

Sous leurs toîts enrichis des misères publiques,
Pour enivrer leurs yeux du feu des diamans,
    Et pour flatter leurs goûts asiatiques,
Ils parjurent leur foi trahissent leurs sermens,
Et jaloux d'étouffer ces germes héroïques,
D'un peuple libre et fier généreux alimens ;
Ils brisent des états les colonnes antiques,
      Et des naissantes républiques
      Ils arrachent les fondemens.

Eh ! quelle terre encor n'a point connu leur rage !
      Combien nous fûmes opprimés !
Viens Toulon fais parler tes vaisseaux enflammés,
Et de ton port détruit raconte-moi l'outrage :
Plimouth à ma douleur offre l'horrible image
De vingt mille captifs dans son sein affamés ;
Toi Quiberon témoin d'un carnage rapide,
De ses soldats bourreaux peins la fuite homicide,
Toi dont Paris vengea les remparts insultés
Gêne éleve contr'eux tes flots ensanglantés.
Toi Cap théâtre affreux de meurtre et d'incendie,
Déroule à nos regards leur longue perfidie,
Et du monde nouveau dis les calamités.
Ah ! que Boston aussi cette ville des frères
Pour adoucir nos maux nous conte ses douleurs ;
      Et pleine de larmes amères,
Que la voix de Franklin gémisse dans nos cœurs.

Mais que dis-je ? ô guerriers ! lui-même vous dévance,
Lui-même dans ces murs où sa mâle éloquence,
Vint de Philadelphie étaler les malheurs,
      S'armera pour votre défense,
      Et vous donnera des vengeurs.

Voyez-vous l'Océan dont la voix mugissante
Appelle vos drapeaux partout victorieux :
Trop long-tems, vous dit-il, ma vague obéissante
    Sous des maîtres ambitieux,
    Courba sa fureur menaçante :
Que leur coupable orgueil tombe enfin réprimé !
Fécond dispensateur des richesses du monde,
Mon trident pour eux seul fut-il donc animé ?
    Il est tems d'affranchir mon onde ;
Il est temps de venger l'Univers opprimé.

    Tant que j'ai vu dans mon empire,
    Leurs vaisseaux amis de la paix,
Porter aux nations des lois et des bienfaits,
    Tous mes flots ont dû leur sourire.
Que de fois protégeant leur noble pavillon,
Des autans irrités j'éloignai les outrages !
Que de fois j'avertis par d'utiles présages
Leur magnanime Cook leur généreux Anson,
Qui pour l'humanité défiant les orages,
Ont transplanté les arts aux plus lointains rivages !
Mais depuis qu'enivrés de sang et de trésors,
    J'ai vu leurs léopards avides,
    Environnés de foudres homicides,
Porter au loin la guerre et maîtriser mes bords,
    J'ai juré de punir leurs crimes ;
J'ai juré de frapper un peuple audacieux,
    Et du fond de ces noirs abîmes
Un long cri de vengeance est monté jusqu'aux cieux ;
Aux rives de la Seine il retentit encore.
Volez jeunes guerriers à de nouveaux succès !
Arrachez mon trident aux superbes anglais !
    Allez ! le monde vous implore ;
Rendez-lui le bonheur le commerce et la paix !

LE DÉPART,

DITHYRAMBE

Non non des troubadours la lyre souveraine
    N'a point perdu son antique pouvoir,
      Et les nymphes de l'Hypocrène
D'un peuple généreux ont ranimé l'espoir.
      Réjouis-toi ville romaine
Toi qu'embellit Pallas de ses triples bienfaits,
Le front ceint de lauriers et d'olive et de chêne ,
Par ta riche guirlande annonce tes succés.
      C'est de ton sein nouvelle Athène
    Que retentit jusqu'aux bords de la Seine
Le signal des combats des arts et de la paix.

Oui tant que ton soleil foyer de la nature,
Animera les bois les plaines les vergers,
Tant qu'il parfumera des féconds orangers
      La verdoyante chevelure ,
Et que son feu propice aux amours des bergers
Sur nos riants côteaux fera par-tout éclore
L'or mouvant de Cérès de Vertumne de Flore ,
O Provence de Mars dédaigne les dangers !
C'est en vain qu'Albion du couchant à l'aurore,
Appellera sur toi les glaives étrangers,
Dans tes fertiles champs tu verras naître encore
D'intrépides guerriers pour défendre tes droits,
Et des chantres rivaux pour vanter leurs exploix.

Que

Que Pompée accusant une patrie ingrate
    Qui néglige ses étendards,
Appelle ses guerriers aux rives de l'Euphrate,
    Et frappant la terre de Mars,
D'une armée imprévue étonne Mythridate ;
    Plus puissants les fils d'Appollon
De son temple outragé réparant les ruines,
Après avoir calmé les fureurs intestines,
Braveront dans ses murs le courroux d'Albion ;
Et faisant retentir le cri de la vengeance,
On les verra formant des bataillons nouveaux
Sur l'ennemi commun précipiter la France,
Et de leurs feux sacrés remplir tous les héros.

    Entendez-vous cet airain formidable
Qui mêle à leurs accens son belliqueux accord ;
A ce signal rapide une armée indomptable
    Demande à s'élancer du port.
    Fille puissante d'Amphitrite,
    Toulon dissipe ta douleur,
Des Hercules Français la généreuse élite
Se rassemble en ton sein pour venger ton malheur.
Quelle scène imposante offerte à l'homme libre !
Quel courage héroïque enflamme nos guerriers !
Les voilà ces héros qui sur les bords du Tibre
    Ont ravi d'antiques lauriers !

Sur les pas de leurs chefs une ardente jeunesse
Accourt de toutes parts sur de nombreux vaisseaux
O combien sur la pouppe en signe d'allégresse,
    Je vois ondoyer de drapeaux !
Plusieurs parant le mât d'un mobile trophée

B

Mêlent leur triple éclat au riche azur des cieux ;
Pareils à ceux d'Argos qu'aux chants divin d'Orphée
En astres éclatants transformèrent les Dieux.
Ici mille marins dans leur gaîté naïve
Se parant de festons et de myrthe et de fleurs
    Etalent au loin sur la rive
De leurs habits joyeux les brillantes couleurs ;
Là mélés aux guerriers à leur noble conquête,
    Ils appellent les Arts rivaux :
Les voyez-vous de Londre annonçant la defaite ;
    Ainsi que dans un jour de fête,
    Confondre à la fois leurs travaux.

Qui pourrait contempler avec indifférence
    Ces nouveaux et divers apprêts !
Ce mélange confus des drapeaux de la France,
Des armes de Bellone et des dons de Cérès,
Et cet amas de plombs, de tubes homicides,
De glaives recourbés et de grappins avides,
Que roulent aux vaisseaux les chars tumultueux !
    C'est peu que des flèches tournantes
De l'airain embrâsé s'élancent jusqu'aux cieux,
    Que des globes audacieux
Ecrasent l'ennemi de leurs masses ardentes,
On ranime ce feu par la Grèce inventé,
Invisible élément qui brûle dans les ondes,
Qui plus prompt que l'éclair avec avidité
Consume les vaisseaux au sein des mers profondes.
    Eteignez généreux Français,
    Ce lâche et secret incendie ;
    Laissez aux parjures Anglais

Les armes de la perfidie.
Mars n'a-t-il point assez de maux ?
N'employez qu'une arme permise.
L'honneur l'humanité la valeur la franchise,
Voilà les armes des héros.

Mais tandis qu'on s'apprête à déserter la rive,
Quel douloureux spectacle appelle nos regards !
De femmes et d'enfans une foule plaintive
Abandonne ô Toulon tes belliqueux remparts.
Plus d'une épouse consternée
Accourt les cheveux épars,
Montrant à son époux les fruits de l'hymenée :
« Tu pars, lui dit-elle, tu pars,
Et moi baignant de pleurs ma couche infortunée,
Dans un veuvage affreux je coulerai mes jours.
Par ces gages chéris de nos tendres amours,
Souviens-toi que ta vie à la mienne enchaînée,
Appartient toute entière à ma fidèle ardeur.
Qui sera désormais mon espoir et mon guide ?
Comme toi léger et perfide,
Le vent avec ta voile emporte mon bonheur.

La mère plus désespérée
S'écrioit : ô mon fils ! retarde un peu tes pas.
D'un présage cruel mon ame est déchirée,
Redoute l'Océan redoute les combats,
Songe hélas ! que je touche à mon heure dernière ;
Ne m'abandonne point au bout de ma carrière ;
Toi seul es mon espoir, toi seul charmes mon denil !
Ah ! qu'il me reste un fils pour fermer ma paupière,
Et pour pleurer sur mon cercueil.

B 2

Mais ferme sous le poids de l'âge,
Le père repoussant un présage incertain
De son fils ébranlé rassure le courage,
Et d'Albion puni lui trace le destin.
Avec lui les grandeurs il pleure l'inconstance,
L'aveugle ambition des peuples et des rois,
Et l'affront de la France et l'oubli de ses droits ;
Mais il lui peint surtout l'auguste récompense
    Réservée aux guerriers fameux ,
L'honneur de sa famille et sa reconnaissance,
Et sa mère embrassant son fils victorieux.

Tant de motifs puissans dans leur ame intrépide
    Réveillent l'ardeur des combats ;
Mais que ne peut surtout l'éloquence rapide
D'un chef qui leur apprit à vaincre le trépas.
Sur la rive lui-même il les range en bataille ,
Monumens immortels des plus fameux combats,
Lodi Mantoue Arcole environnent ses pas ,
Et grandissent son geste et sa voix et sa taille ;
Monté sur un coursier plus léger que les vents ,
    Partout il répand son courage.
Le silence le suit et les flots mugissans
    Mêlés à l'écho du rivage ,
Roulent jusqu'aux vaisseaux ces généreux accens.

    « Fermes soutiens de la patrie ,
Vous qu'au sein des périls deux ans j'ai su guider,
Vous traîniez sans secours votre gloire flétrie ,
    Lorsqu'aux champs de la Ligurie
    J'accourus pour vous commander.

Attendri par vos maux, fier de vous seconder,
Je promis à vos vœux la superbe Italie,
    Ma parole fut accomplie,
Là Mars à vos vertus devoit tout accorder.

    Dans la plus belle des campagnes,
Que vous avez cueilli d'honorables moissons !
    Dans les plaines sur les montagnes,
Quels siéges quels combats ont illustré vos noms !
C'est encor peu pour vous et votre renommée
De vos admirateurs surpassera l'espoir;
La France dans vos mains a remis son pouvoir;
Montrez ce qu'elle attend d'une invincible armée;
Songez que ces Romains vainqueurs de l'Univers
Dont vous avez souvent imité le courage,
Comme aux champs de Zama combattaient sur ces mers
    La vaine et perfide Carthage;
La victoire par eux brisant d'indignes fers,
N'abandonna jamais ces conquérans sublimes,
Qui tous disciplinés patients magnanimes,
Ainsi que les succès partageaient les revers.

Rivaux du fils de Mars, au milieu des orages,
    Secondés ces braves marins,
La fortune oublia d'employer leurs courages;
Pour mieux vous illustrer confondez vos destins;
Ils ont votre valeur s'ils n'ont pas votre gloire,
Et de vous égaler leurs grands cœurs sont jaloux,
    Leur volonté c'est la victoire,
    Ils y parviendront avec vous.

    Avec eux tout sera possible,

Bientôt à vos côtés ces marins généreux,
  Recueilleront cet esprit invincible,
Qui partout a guidé vos pas victorieux ;
Fiers d'unir vos travaux et votre ame àgguerrié,
Vivez dans cet accord soutien d'un grand Etat,
L'un de l'autre a bésoin dans le jour du combat,
Songez que vous sérvez une même patrie !

Guerriers l'œil de l'Europe est sur vos étendarts,
Que de nouveaux périls vous attendent sur l'onde !
Pour mieux les surmonter cherchez dans les hasards
La gloire de la France et le bonheur du monde,
  La liberté ce prix de vos travaux
Qui soumit tant d'Etats à son puissant génie,
    Par le courage et l'harmonie,
Soumettra l'Océan à vos mêmes drapeaux.
    J'en jure par le capitole,
Même au sein des revers vous ne faillirez pas ;
Sur l'Adda mugissant dans la plaine d'Arcole,
    Répondez-moi braves soldats,
    N'ai-je point tenu ma parole » ?

Oui oui répond l'armée et ce cri répété
Fait mugir de courroux Neptune épouvanté.
    A ce cri que Bellone avoue,
Les soldats les marins s'embrassant à la fois,
Jurent de partager leurs périls leurs exploits,
Pour l'intérêt public chacun d'eux se dévoue.
O ravissant spectacle ! à peine ils s'étaient vus,
    Et les yeux pleins de douces larmes ,
Ensemble de Neptune ils bravaient les allarmes,

Et leurs cœurs réunis par des nœuds imprévus,
D'une antique amitié goûtaient déjà les charmes,
Puissent tous les français oubliant leurs courroux,
S'enlacer à jamais par des nœuds aussi doux.
 Mais le dernier signal se donne,
Chaque vaisseau vomit la foudre des combats,
 L'hymne sacré se mêle à l'airain de Bellonne,
Et sur les vagues roule une forêt de mâts.
Que de voiles soudain à mes yeux étalées,
Jouets des aquilons frémissent dans les airs,
Et prolongeant aux loin leurs masses déroulées,
D'un mobile rempart couvrent les vastes mers !
Les vieillards les enfans les femmes éperdues,
De leurs tendres regards de leurs cris douloureux,
Poursuivent ces héros qui les mains étendues,
Leurs adressent de loin les plus touchans adieux.

Parmi tant de vaisseaux les spectateurs avides
 Cherchent l'imposant amiral,
Qui sur son pont armé de bronzes homicides,
 Porte le nouveau général.
Chacun le reconnaît à ses voiles rapides,
Mais surtout à l'éclat du pavillon français,
Qui dominant les flots de sa hauteur sublime,
Présage les destins d'un peuple magnànime,
Et d'une double armée atteste les succès.
Par ses riches couleurs sur la liquide plaine,
Il semble remplacer l'arc éclatant d'Iris ;
Les vents respectueux d'une plus douce haleine
Caressent en fuyant ses onduleux replis,
Quels transports quelle yvresse il inspire à l'armée !
 Tous le contemplent à la fois,

Tel que ce météore à la queue enflammée,
Qui menacé le front des rois.
Le chef par son maintien dans leurs mâles courages,
Grave des souvenirs français,
Et les entraîne enfin de ces mêmes rivages,
Où brûle encor la foudre des anglais :
Et qu'il vengea de leurs outrages.
Pleins d'une noble ambition,
Ces favoris de Mars dans leur fureur rapide,
Jurent de reporter cette foudre homicide,
Dans les murs fumans d'Albion.

Mais avant de frapper l'implacable Angleterre,
D'un même sentiment tout les chefs animés,
Veulent à sa défaite intéresser la terre,
Et l'accabler du poids des peuples opprimés.
C'est en vain que Nelson à leur course héroïque,
Oppose tous ses étendarts.
Ils bravent sur les flots la fureur britannique,
Et reportant leurs yeux vers le berceau des arts,
Ils vont des Mamelucks brisant la chaîne antique,
De l'Egypte captive affranchir les remparts.

CHANT DE VICTOIRE

ET DE RECONNOISSANCE

POUR LA DÉLIVRANCE DE L'ÉGYPTE.

Dans ce temple où le Caire adore la puissance
    D'Alla protecteur des héros,
    Les fils belliqueux de la France,
Traînant des Beys vaincus les coupables drapeaux,
Venaient signer du Nil la prompte délivrance,
      Et par une auguste alliance
      Confondant deux peuples rivaux,
Au milieu des parfums de la reconnoissance
      Ne contemplaient que des égaux.
Un peuple qu'ils rendaient à son indépendance
Gardait autour du chef un sublime silence,
Et lisait sur son front ses rapides travaux,
Lorsqu'enflammé soudain d'un éloquent délire,
Le mufti par sa voix consacre leurs lauriers,
      Et mêle aux accens de la lyre
La prière du copte et l'hymne des guerriers.

      Le grand Alla de nos murailles
      Écarte son bras irrité :
      Du grand arbitre des batailles
      Adorons l'auguste bonté.

Nous méconnûmes ses largesses,
Nous abusâmes des richesses
Que nous prodigua sa faveur :
Notre erreur fut assez punie
Par l'implacable tyrannie
Du Mamelouk usurpateur.

CHŒUR.

Le grand Alla de nos murailles
Écarte son bras irrité :
Du grand arbitre des batailles
Adorons l'auguste bonté.

Des favoris de la victoire
Quel guide a dirigé les pas ?
Qui sauva leurs jours et leur gloire
Et de l'envie et des combats ?
C'est Alla dont la main puissante
Devant leur flotte triomphante
Des mers abaissa le trident ;
C'est Alla qui charmant nos peines,
Voulut enfin briser nos chaînes
Par les braves de l'Occident.

CHŒUR.

Le grand Alla de nos murailles, etc.

Les Beys d'une folle espérance
Avaient enivré leurs guerriers ;

Ils avaient mis leur confiance
Dans leurs impétueux coursiers :
Mais que ne peut un peuple libre ?
Alla livre au vainqueur du Tibre
Le Mamelouk épouvanté,
Et détruisant l'infanterie,
Renverse la cavalerie
Sur le cavalier indompté.

C H Œ U R.

Le grand Alla de nos murailles, etc.

Comme ces humides nuages,
Enfans du matin nébuleux,
Que le Nil loin de ses rivages
Voit fuir devant l'astre des cieux,
Toute la horde mercenaire
Qu'assembla sous les murs du Caire
Des Beys le courroux imprudent,
Livrée au tranchant de l'épée,
S'enfuit tout - à - coup dissipée
Par les braves de l'Occident.

C H Œ U R.

Le grand Alla de nos murailles, etc.

Alla du Mamelouk perfide
Déteste le joug oppresseur ;

Alla du Français intrépide
Chérit et soutient la valeur :
Couverts par sa main protectrice,
Fils des hommes, de sa justice
Adorez les divins décrets,
Et prosternant vos fronts rebelles,
Puisez des leçons immortelles
Dans ses rigueurs et ses bienfaits.

CHŒUR.

Le grand Alla de nos murailles, etc.

Les Mamelouks dans leur ivresse
Ne flattaient que leurs vains desirs ;
Ils n'adoraient que la richesse,
Mère d'homicides plaisirs ;
D'un peuple en proie à l'indigence
Ils dévoraient la subsistance,
Sans pouvoir assouvir leur faim,
Et tout fiers d'un luxe barbare
Ils fermaient leur oreille avare
Aux cris plaintifs de l'orphelin.

CHŒUR.

Le grand Alla de nos murailles, etc.

C'est pourquoi d'un règne inflexible
Alla finit le cours affreux ;
C'est pourquoi d'un peuple invincible
Il arma le bras généreux.

La France adore sa puissance ;
Son prophète est cher à la France,
Elle honore ses sages lois,
Et fuyant la gloire commune,
Elle relève l'infortune,
Et foule aux pieds l'orgueil des rois.

C H Œ U R.

Le grand Alla de nos murailles, etc.

O vous dont les divins courages
Du Caire ont sauvé les remparts,
Dans l'Égypte, école des sages,
Ceignez la couronne des arts,
C'est ici que la Grèce antique
Puisa cet amour héroïque
Des cœurs vulgaires méconnu ;
Comme elle toujours grands et justes,
Établissez vos droits augustes
Sur le génie et la vertu.

C H Œ U R.

Le grand Alla de nos murailles, etc.

Et nous par les fils de la France
Rendus à nos premiers destins,
Nous replacés par leur vaillance
Au rang des peuples souverains,

Méritons leur bienfait sublime,
Et par un retour légitime
Secondons leurs nobles travaux :
Du Nil ressuscitons la gloire ;
Et dans les champs de la victoire
Alla bénira nos drapaux.

CHŒUR.

Le grand Alla de nos murailles
Écarte son bras irrité :
Du grand arbitre des batailles
Adorons l'auguste bonté.
Nous méconnûmes ses largesses,
Nous abusâmes des richesses
Que nous prodigua sa faveur :
Notre erreur fut assez punie
Par l'implacable tyrannie
Du Mamelouk usurpateur.

LE GÉNIE,

IMITATION DE J. J. ROUSSEAU.

Heureux qui dès l'enfance instruit par l'harmonie,
Avant de le connoître a senti le Génie ;
Il ne peut rien sans lui, s'il ne sait émouvoir :
La lyre dans ses mains demeure sans pouvoir ;
L'Artiste impatient du feu qui le dévore,
Saisit tous les objets, les embellit encore :
Pour peindre a-t-il besoin de couleurs, de pinceaux ?
Par les sons à l'oreille il offre des tableaux.
Par eux des passions il peint la violence ;
Il donne un corps à l'ombre, une voix au silence :
L'amour, le désespoir, la pitié, la douleur
D'un langage rapide avertissent le cœur ;
Tout s'enflâme à sa vue, et son pouvoir suprême
D'un sentiment de vie anime la mort même.
Sans lui pour les humains la vie est le trépas,
Et la terre est stérile où son germe n'est pas.

Veux-tu savoir, Français, si ton ame recèle
De ce feu créateur quelque noble étincelle ?
Cours, vole à ce théâtre où la pompe des arts
En charmant ton oreille enivre des regards.
Si Glouk frappe tes sens d'inquiètes alarmes,
T'arrache des sanglots, te fait verser des larmes,

Du Parnasse à l'instant implore les faveurs,
Et repais ton esprit des trésors des neuf Sœurs.
Lis ces chantres divins si chers à Polymnie;
Que sur-tout Metastaze enflâme ton génie.
Médite, invente, écris, par de constans travaux
Tu raviras la palme à tes fameux rivaux,
Et charmé de tes sons tout Paris va te rendre
Ces pleurs délicieux que Glouk te fit répandre.
Mais si de ce grand art les souverains accords
Ne purent t'arracher ni soupirs ni transports;
Et si ton ame froide aux accens de la lyre,
Ne palpita jamais d'un sublime délire,
Homme vain du génie écarte le flambeau,
Et descends tout entier dans la nuit du tombeau.

LES

LES FÊTES DU GÉNIE,

DITHYRAMBE;

PREMIÈRE JOURNÉE.

Daime hua furia grande, e sonorosa,
E nao de agreste avena, au frauta ruda;
Mas de tuba canora e bellicosa,
Que o pleito acende, e a cor ao gesto muda.

Os Lusiadas , canto primo.

L'HEURE de la gloire a sonné,
Il faut de nouveaux chants à mon nouveau délire ;
Remporte, Anacréon, ton luth efféminé :
Viens , Pindare, remplis mon cœur désordonné;
Dans mes avides mains réveille encor ta lyre.

La liberté, dans nos remparts,
Sourit aux fils de Polymnie ,
Et par la fête du Génie
Consacre la ville des arts.

Oui , de la Liberté le Génie est le guide :
C'est lui qui, l'éclairant dans sa course intrépide,
Lui remit ce contrat, monument de nos droits ;
C'est lui qui nous prêtant sa secourable égide,
Contre la révolte des rois ;

D

Attache à nos drapeaux la victoire rapide ;
Et quand de nos héros recueillant les lauriers ,
La gloire ouvre la tombe à leurs mânes guerriers ,
  C'est lui dont la voix attendrie
  Commandant d'utiles honneurs ,
  Par des tributs consolateurs,
  Charme le deuil de la Patrie.

Génie ! ame de tout, quel est ton ascendant !
L'univers agrandi s'instruit par tes conquêtes ;
L'homme eût courbé , sans toi , son front indépendant ;
Tu prolonges ses jours, tu revis dans ses fêtes,
Tu conduis ces soleils qui roulent sur nos têtes ,
Ton sceptre de Neptune asservit le trident ,
Tu gouvernes la foudre et régis les tempêtes.
Quel peuple a méconnu ton pouvoir souverain !
Le commerce par toi fertilise les ondes ;
L'avenir s'enrichit de tes sources fécondes :
  Tes pas sur le marbre et l'airain,
  Impriment des traces profondes ;
Et le trait échappé de ta puissante main ,
Vole au-delà des tems et traverse les mondes.
  L'essaim folâtre des Beaux-Arts
  T'apporte , en dansant, ses offrandes ;
  Ils te parent de leurs guirlandes
  Et s'enflamment de tes regards.
  Par le ciseau de Praxitelle,
  Toi seul fais descendre les dieux ;
  Toi seul, par le pinceau d'Appelle ,
  Nous a transportés dans les cieux,

Des chants belliqueux de Tyrtée,
Tu nourris encor la valeur ;
Et dans les mains de Thimothée,
Ton luth triomphe du vainqueur.

Sous tes lois le dieu de la guerre
Range ses bataillons armés ;
Et de ses bronzes enflammés,
Ta voix dirige le tonnerre.

La paix, doux lien des mortels,
Te doit les trésors de nos villes ;
Et des moissons les plus fertiles,
Cybèle enrichit tes autels.

La gloire au vol infatigable,
Te suit avec la Liberté,
Et dans ta coupe inépuisable
S'abreuve d'immortalité.

La gloire nous invite au temple du Génie ;
Courons.. Ah ! je succombe à mes transports nouveaux.
Guide mes pas, ô Polymnie !
Où le trouver ?.. Quels lieux sont chers à ses travaux ?
Quel asyle entretient son sublime délire !
Aux jardins de Glycère a-t-il monté sa lyre !
Dans le fracas des cours saisit-il ses pinceaux !
Qu'ai-je dit ? ô blasphême ! Est-ce au séjour du vice.
Qu'il prit ce noble essor que l'on doit aux vertus ?
Quel éclat ont pour lui tous les dons de Plutus,
Quand l'immortalité l'appelle dans la lice !
Jamais à la fortune a-t-il vendu sa voix !

D 2

Qui l'a vu des grandeurs caresser l'insolence !
  Et n'est-il pas lui-même une puissance
Qui domine en tous tems la puissance des rois !
Où prit-il ces grands traits ! c'est dans la solitude :
Là , veille auprès de lui l'opiniâtre étude :
Sur la cîme des monts l'aube a vu son lever,
Et l'aube à son retour le voit encor rêver.
De la création héritier légitime,
C'est-là qu'il a placé son attelier sublime.
      Là , s'armant pour l'humanité,
      Et triomphant de l'imposture,
      Il siège avec la vérité,
      Il commerce avec la nature.
Noble émanation de la divinité,
Là, comme elle, il se fonde un empire iminuable,
Et craint peu que l'envie et la haine implacable
Lui ravissent la place où son vol l'a porté.

      Mais quel monstre, quelle furie
      S'oppose à ses nobles travaux !
      De ses glaives, de ses flambeaux,
      Vient-il assièger la Patrie !
      Sous ses funèbres étendards,
      Marche l'infâme calomnie ;
      Pleurez , favoris des Beaux-Arts !
      Pleurez , élèves d'Uranie !
      Sous le nom de l'égalité,
      Il vient disputer au Génie
      L'empire de la Liberté.

      Peux-tu, Nymphe auguste et divine,

Prêter ton nom à ses forfaits !
Sous tes yeux , au sein de la paix ,
Des Arts il hâte la ruine.
Vois leurs chef-d'œuvres altérés ,
Tomber sous ses mains criminelles ;
Vois leurs bronzes défigurés ;
Vois la flamme aux rapides aîles ,
De leurs archives immortelles
Menacer les dépôts sacrés.

Non , non , tu n'es point la complice
De son triomphe passager ;
Déjà , par son juste supplice,
Le Génie a su te venger.
Sous le voile qui le déguise ,
Héritier des traits d'Apollon ,
Sur les bords d'un autre Céphise ,
Il frappe ce nouveau Pithon :
Dans la tombe du fanatisme
Il replonge le Vandalisme ;
C'en est fait ! les arts ont souri ;
Et par ce coup sauvant la France ,
Du dernier fils de l'ignorance ,
Il étouffe le dernier cri.

LES FÊTES DU GÉNIE,

DYTHYRAMBE;

SECONDE JOURNÉE.

Du Génie, en ce jour., multiplions les fêtes ;
De chêne et de laurier enlaçons nos cheveux.
C'est aux Républicains à chanter ses conquêtes.
Jamais du despotisme il n'écouta les vœux.
Ah ! si vous en doutez , volez aux murs d'Athène,
Demandez la tribune où tonna Démosthène,
Ce lycée où Platon daigna former des rois ,
Ces jeux où de Pindare on adorait la voix.
Courez à ce théâtre , à cette, illustre scène,
Où Sophocle , Euripide ont disputé le prix.
O divin Apollon, à mes regards surpris,
De ton double côteau fais jaillir l'Hyppocrêne!
 Lisez-moi , filles de Mycène,
Du chantre d'Ilion les immortels écrits ;
Que je l'admire encor dans la ville d'Hélène!
 Est-ce là cette Mytilène ,
Ce séjour enchanteur des grâces et des ris !
Lesbos , de ta Sapho redis-moi le délire.
Cythère , couvre-moi de tes berceaux fleuris.
Théos , de ton vieillard que j'entende la lyre.
Vain espoir ! tout se tait ; un silence de mort ,
 Le silence de l'esclavage ,

Interprête muet des volontés du sort ,
Pèse sur des débris que l'ignorance outrage :
    Des talens et de la vertu
Un stupide Ottoman recueille l'héritage ;
Et sa verge insolente écrit sur le rivage :
» Avec la liberté la Grèce a disparu. »

      Grandes ombres de Salamine ,
      A quoi servit votre valeur !
      Pindare , ta lyre divine
      N'a plus que des sons de douleur.
      Pleurons leur gloire fugitive ;
      Mais quelle corde assez plaintive ,
      Pourra répondre à leur malheur.

Ah ! plutôt , que nos chants consacrent leur mémoire !
Le tems n'a point détruit Platée et Marathon ;
J'en jure par les vers , les arts et la victoire :
    L'olympe a reconnu leur gloire,
Et de leur récompense a chargé l'Hélicon.

    Le Génie ! au double vallon
De l'immortalité déposa les richesses.
    C'est sur-tout au fils d'Apollon,
Qu'il aime à prodiguer ses fécondes largesses.
C'est par eux qu'à son vol il donne un noble essor ;
C'est par eux qu'en sa chûte il se relève encor.
Aussi, l'enfant du Pinde est sacré sur la terre ;
Bellone le protège au milieu des combats ;
Mars touché de sa voix, le ravit au trépas ,
Et les Dieux sur son front suspendent leur tonnerre.

Heureux dans son exil, et libre dans les fers,
Il défend aux tyrans d'attenter à sa vie,
Du champ de ses ayeux dépouillé par l'envie,
  Pour domaine il a l'univers ;
Et lorsqu'entraînant tout dans le torrent des âges,
Le néant s'enrichit par d'illustres naufrages,
Du sort capricieux il brave les revers ;
  Et calme au milieu des orages,
Sur l'abîme des temps il plane avec ses vers.

  D'une illusion soudaine
  Mes sens seraient-il trompés !
  Ah ! d'une image incertaine
  Mes yeux ne sont point frappés ;
  Oui, de l'immortel domaine
  Je ravirai les trésors ;
  Et d'une espérance vaine
  Les Nymphes de l'Hypocrène
  N'ont point flatté mes accords.

  Où suis-je ! Quel transport m'agite !
  Quel songe égare mes esprits !
  Arion, au sein d'Amphitrite,
  S'offre-t-il à mes yeux surpris !
  Par un prodige véritable,
  Les Dieux réalisant la fable,
  Renouvellent l'antiquité.
  L'avenir pour moi se déroule,
  Et chaque siècle qui s'écoule
  Me parle d'immortalité.

Voyez-vous ce vaisseau qui, flottant sur les ondes,

Des états de l'aurore accourt victorieux ?
Dominateur des mers, explorateur des mondes,
Sur la vague orgueilleuse il semble atteindre aux cieux.
Les despotes captifs, les richesses de l'Inde,
Ce prix des longs travaux repose dans ses flancs.
Mais un trésor plus rare, honneur sacré du Pinde.
     Le chantre heureux des Castillans,
Le Camoens assis sur un noble trophée,
Au milieu des héros, des belles et des rois,
     La lyre en main, nouvel Orphée,
De ces Jasons nouveaux consacre les exploits.

     Comme on voit une main habile
Sur la toile vivante allier les couleurs,
Il nuance les tons sur la corde mobile,
Et de transports divers fait tressaillir les cœurs.
Il célèbre les jeux, les combats et les fêtes ;
Mais il chante sur-tout ce géant de tempêtes.
Ce fier Adamastor, sentinelle des mers,
Éternel possesseur de ces vastes déserts,
Qui, les bras étendus et la voix mugissante,
Arrête des vaisseaux la voile frémissante,
Et leur ravit l'espoir d'un second univers.
Que son luth sur les cœurs a d'empire et de charmes !
Tout s'émeut ; les rois ont oublié leurs fers ;
Et mêlant dans leurs yeux le sourire et les larmes,
Ils s'enivrent de gloire, et d'amour et de vers.

     La mer agitée
Suspend tous ses flots.

E

Pour ses chants Protée

Quitte tes troupeaux.

La plaine liquide

Voit fuir l'Aquilon.

Dans son vol rapide

S'arrête Alcion.

Sur son char humide,

S'élève Triton :

Et la Néréide,

D'un œil moins avide,

Suivit de Jason

L'élite intrépide

Qui de la Colchide

Ravit la toison.

Neptune, tout-à-coup, du palais d'Amphytrite,
Sur ce calme offensant promène au loin ses yeux ;
Il voit, il reconnaît ce pin audacieux
Qui franchit de ses flots la dernière limite.

Il s'indigne que son orgueil
Ose encore l'insulter par les sons de la lyre ;
Il rappelle les vents, soulève son empire ;
Et du trident fatal repoussant le navire,
Il le brise contre un écueil.

C'en est fait ! dans la mer profonde,
Avec ses voiles, ses drapeaux ;
S'abîme après quinze ans de gloire et de travaux,
Ce vaisseau conquérant d'un monde.
Les trésors de l'Indus, les rois et les héros,
Tout disparaît, tout s'engloutit dans l'onde,
Et se confond dans le cahos.

Seul sur le gouffre immense un malheureux s'agite,
    Dieux prêtez-lui votre secours !
    Sauvez du courroux d'Amphytrite,
Le chantre de Gama, d'Inès et des amours !
    Contemplez-le dans ce péril extrême,
Tel que dans Mozambique où le Maure insolent
Expia sous ses coups son cruel stratagême.
Bravant l'onde et la foudre et l'abîme lui-même,
Il presse d'une main son glaive étincelant ;
    De l'autre il soutient son poëme :
Ce poëme chéri, fruit des plus longs travaux,
Monument de sa gloire et de son infortune ;
Ce dépôt des exploits, aliment des héros,
Seul trésor qu'en sa rage ait respecté Neptune ;
Et que ce chantre envie à la fureur des flots.

    Mais que peut le cygne du Tage
        Contre l'Océan irrité !
Hélas ! il succombait en pleurant cet ouvrage,
Qu'à sa famille, au monde, à la postérité
        Il doit laisser pour son seul héritage !
    Soudain des gouffres entr'ouverts,
S'élève avec fracas, entouré d'un nuage,
Un superbe géant, rival du Dieu des mers,
Qui, blanchi par les flots, et bravant leur outrage,
A le pied dans l'abîme et le front dans les airs.

Du poëte guerrier ranimant le courage,
Vers lui, sur l'Océan, il s'élance d'un pas ;
Il le dispute aux flots, l'enlève dans ses bras,
    Et le porte sur le rivage.
Rassure-toi, dit-il au chantre épouvanté :

Des dieux et des mortels tu peux braver l'envie,
Reconnais ce géant que ta muse a chanté.
    Adamastor te rend la vie,
Et s'acquitte envers toi de l'immortalité.

    Il dit : dans sa joie imprévue,
    Le poëte lève les yeux :
    Il ne s'offre plus à sa vue
    Qu'un roc informe et ténébreux.
    Il presse, il parcourt, il visite
    Cette barrière d'Amphytrite,
    Ce cap, effroi des matelots,
    Divinisé par son délire,
    Adamastor lui rend sa lyre,
    Et se replonge dans les flots.

Héros de la Castille, enfans de la victoire ;
Et toi noble vaisseau, conquérant de l'Indus,
    Consolez-vous : le chantre de Lusus
Vous ravit à Neptune et vous rend à la gloire.
A l'ombre de son nom le votre est immortel!
    Vous ne craindrez plus de naufrage,
Et vos lauriers unis, chers aux Nymphes du Tage,
    Reverdiront sur son autel ! . . .

Par quels tableaux le Ciel put-il mieux nous instruire
Du sublime ascendant des maîtres de la lyre ?
La plus haute vertu languit sans leur appui.
Ce qui touche au Génie est sacré comme lui ;
Et lorsque du héros le souvenir s'efface,
L'avenir du poëte adore encor la trace.

En vain du vieux Priam l'on cherche la cité;
Siége abandonné sur sa rive infertile,
Ne s'énorgueillit plus de la tombe d'Achille,
Et le berceau d'Homère est encor disputé.

Salut art créateur, auguste poésie!
Par toi l'homme s'élève à la divinité.
Accourez, accourez enfans de Polymnie,
    Pères de l'immortalité;
De vos chants, de vos luths confondez l'harmonie!
Que tout dise en ce jour: GÉNIE et LIBERTÉ!

CHANT

POUR LA FÊTE

DE LA VIEILLESSE.

Déja le Génie et la Gloire
Guidant au loin nos étendarts,
Ont couronné par la victoire
Le fer qu'ont béni nos vieillards.
Hommage à l'auguste vieillesse!
A la saison de la sagesse
Offrons nos solemnels accords!
Français pour célébrer cet âge,
De la paix consolant présage,
Vertumne étale ses trésors.

Chœur.

Dans nos concerts et dans nos fêtes
Que nos pères soient révérés!
Quand l'âge aura blanchi nos têtes,
Comme eux nous serons honorés.

Que la jeunesse plus docile
Respecte le déclin des ans :
La vieillesse est encor fertile
Et jouit des fruits du printems ;

Tel qu'un arbre cher à Pomone
Qui forme sa riche couronne
Des tributs de chaque saison,
Le vieillard vainqueur de l'envie
De tous les travaux de sa vie,
Recueille une illustre moisson.

Chœur. Dans nos concerts, etc.

Dans sa vieillesse quels hommages
Obtient un appui de l'État !
Riche du commerce des sages,
Il brille d'un nouvel éclat ;
Témoin fidèle, irréprochable,
Tel qu'un monument vénérable,
Par son siècle il est consulté ;
Près de lui veillent la prudence,
Le calme et sûre expérience
Et l'incorruptible équité.

Chœur. Dans nos concerts, etc.

Contemplez ce fécond Voltaire
Dont le matin fut si pompeux ;
Est-ce en commençant sa carrière
Qu'il éblouit le plus les yeux ?
Ou quand sur un noble théâtre,
Il reçut d'un peuple idolâtre
Le prix de ses nombreux travaux ;
Et lorsqu'au temple de Mémoire,
Courbé sous soixante ans de gloire,
Il triompha de cent rivaux.

Chœur. Dans nos concerts, etc.

O quel pouvoir un front de neige
Ajoute aux vertus, aux talens !
Malheur à la main sacrilége
Qui souillerait ses cheveux blancs...
Si cet imposant caractère
Ne peut désarmer ta colère,
Que tes jours languissent flétris :
Et puisses-tu pour ta bassesse
Dans l'opprobre de ta vieillesse,
Languir méconnu par tes fils.

CHŒUR. Dans nos concerts, etc.

Que l'aimable et frivole Athène
Néglige ces pieux tributs,
Sparte, honneur de la race humaine,
Les place au rang de ses vertus :
O Sparte ! aux pompes de la Grèce,
Jouet d'une folle jeunesse,
Un vieillard ose t'invoquer ;
Et l'on redit ce mot auguste :
Athène connaît mieux le juste,
Sparte le sait mieux pratiquer.

CHŒUR. Dans nos concerts, etc.

C'est par là que de sa patrie
Numa raffermissant les droits,
De sa fabuleuse Égérie
Fit respecter les saintes lois :
C'est par là que Rome plus libre

Devant la majesté du Tibre,
Abaissa le trident des mers ;
Et que dans sa vaste carrière
Rival du dieu de la lumière,
Son aigle envahit l'Univers.

Chœur. Dans nos concerts, etc.

Par la piété filiale,
Les vertus peuplent nos remparts ;
Où vit-on régner la morale,
Sans le respect pour les vieillards ?
Lien sacré de tous les êtres
Il nous unit à nos ancêtres,
Il agrandit le genre humain ;
C'est l'anneau puissant et magique
De cette chaîne allégorique,
Que Jupiter tient dans sa main.

CHŒUR.

Dans nos concerts et dans nos fêtes
Que nos pères soient révérés !
Quand l'âge aura blanchi nos têtes ;
Comme eux nous serons honorés.

NOTES.

Quand sur le char de la victoire.

Ce Chant de Paix fut composé pour appaiser les troubles qui s'étoient élevés dans la Provence après le 18 fructidor. L'auteur a tâché d'y faire passer le même sentiment qui anime son Chant de Pétrarque et celui du 10 Germinal.

Dans la plus belle des campagnes.

Les principaux traits de cette harangue sont empruntés des discours du vainqueur de l'Italie. Jamais conquête ne fut plus rapide ni plus brillante, et rien ne manqueroit à sa gloire, si cette terre classique des arts, rendue à son antique liberté, eût été moins la proie des hommes avides qui se sont disputé sa riche dépouille.

Un stupide Ottoman recueille l'héritage.

Quelle leçon pour les peuples que cette Grèce, la patrie de tant de sages et de héros, assujétie à la verge d'un Aga. Ce qui est encore plus humiliant pour cette belle contrée, c'est que les maîtres qu'on lui envoie sont loin d'avoir les qualités brillantes des Kiouperli, dont le nom honore à jamais la nation Ottomane.

9 782019 246174